NINGDE SHIPIAN

宁德诗篇

谢宜兴
XIEYIXING

著

中国言实出版社

图书在版编目(CIP)数据

宁德诗篇 / 谢宜兴著 . -- 北京 : 中国言实出版社，
2021.1
ISBN 978-7-5171-3649-1

Ⅰ. ①宁… Ⅱ. ①谢… Ⅲ. ①诗集－中国－当代
Ⅳ. ①I227

中国版本图书馆 CIP 数据核字（2020）第 257997 号

出 版 人　王昕朋
责任编辑　肖　彭
责任校对　赵　歌

出版发行　中国言实出版社
　　地　　址：北京市朝阳区北苑路180号加利大厦5号楼105室
　　邮　　编：100101
　　编辑部：北京市海淀区花园路6号院B座6层
　　邮　　编：100088
　　电　　话：64924853（总编室）　64924716（发行部）
　　网　　址：www.zgyscbs.cn
　　E-mail：zgyscbs@263.net
经　　销　新华书店
印　　刷　徐州绪权印刷有限公司
版　　次　2021年1月第1版　　2021年1月第1次印刷
规　　格　880毫米×1230毫米　1/32　6.25印张
字　　数　132千字
定　　价　58.00元　　ISBN 978-7-5171-3649-1

家在闽川东复东（代序）

谢宜兴

　　断断续续写下有关闽东宁德的诗篇，不时想起《太平广记》所录异僧怀浚的著名禅诗："家在闽川东复东，其中岁岁有花红。而今不在花红处，花在旧时红处红。"诗中"闽川"有人写作"闽山"，并考证说，"闽山"就是现在福州市内的乌山，唐天宝八年玄宗皇帝敕名"闽山"。而我也想，诗中"闽川"当是闽江。总觉得"闽川东复东"就是如今的闽东，籍贯不明的诗僧怀浚就是古来高僧辈出的闽东人。生于闽东东吾洋岸边、而今徙居福州闽江之畔的我，恍惚自己就是唐人，仿佛"知来藏往皆有神验"的高僧怀浚的这首诗歌就是为我而写！

　　在这里，我把大师笔下的"花"，理解为我眼中的"诗歌"，或者往小里说，是有关闽川以东我故乡的诗歌。这一圃诗歌之花，是与生俱来、种在生命里的花；是途中遇见、开在记忆中的花；是岁月流转、随风而逝的花。

我在随笔《诗歌中的"文化胎记"》中写道：对于一个诗人而言，其出生、成长的环境以及这环境在诗人内心生成的作用力，在作品中的折射与蔓延，是其作品中永远抹不掉的"文化胎记"。

有道是，一方水土养一方人。其实，一个人在还没出生的时候，其出生地的食物水分空气，就经由脐带源源不断地进入肌体，并借助母体实时感受体外的阳光风雨寒潮。故园山川就这样进入我们的血脉，乡愁有时就在舌尖上。我曾说："对我们而言，故乡有时候就是一种气息，甚至是一种味觉，比如我们海边长大的人对于海鲜。有时对故乡的思念，就是一种味蕾上的渴望。"

这种与故土的"脐带"，往往再现于文学中。而在诗歌中的呈现尤为明快直接，成为诗人与故土割舍不断的关联。哪怕脐带断了，血脉中流淌的已是原乡的血液。在异乡失眠的夜里，我常常会想起小时候坐在东吾洋岸边榕树下，看着木帆船向东南方逶迤而去，直到在视线中消失；想起端午节前后，官井洋周边村庄的女婿们，青竹竿两头垂着嘴巴还翕动的大黄鱼，挑往丈母娘家去；想起夜海上渔灯点点的场景，一个海边少年朦朦胧胧难于言说的心情……

总感觉，一个人的降生，对一个地方的不可选择，仿佛天意。而诗歌来到诗人心中，也是诗神的降临。诗歌写作有如神启，常常是一种"遇见"，要"遇得到"，还要会"看得见"。生命中的诗意，"遇到"需要机缘，"看见"需要慧眼。

人的一生经历无限，但最早"遇见"的必定是故乡。有人抱朴含真，与故乡终生厮守；有人生活在别处，终老异乡。但故乡一定是人们回望最多的方向。在一次又一次的返乡中，我看见了花竹的最美日出，霍童溪的冰肌玉骨，东狮山的稀世白鬟……在这里，我一次次"遇见"诗歌，仿佛倦鸟归巢，心有所依。

而我们必然"遇见"我们生活的时代，必然与迎面而来的时间、时代的浪潮撞个满怀。"节物风光不相待，桑田碧海须臾改。"在这个风云激荡的时代，人生与家国的变迁常常出人意外。就像闽东海边的连家船民，何曾想能上岸定居？

沧海桑田时常让我觉得，时间在另一个维度上也是空间。不说从"十年浩劫"到"改革开放"，像从荒村进入闹市；就我自己从年轻时梦想在远方，到如今回首望故乡，感觉不是时间在流逝只是空间在变换，像走过了一个又一个村庄，而我的诗歌做了忠实的追随者和见证人。

宁德，一方素来岑寂的山水，这个时代投射在她身上，人们惊讶于一个美女被长久地养在深闺。这些年，人们遇见赤溪"开口"，下党"红了"，三都澳"亮起来"，作为文学天线的诗歌，自然最先看见，当然也无须回避她的美。但我明白，一个诗写者也应是个思想者，在"看见"的同时，不能忘了思考！

目录

中篇　沿着灯亮的方向

下篇　根的坚守

上篇

最美日出

日出东方，从不缺少仰望者

江山如画，是谁一卷在握

最美日出

而今，都知道最美的一轮红日
是从花竹海平面升起
那些守候的镜头，像等待
一场即将召开的盛大的记者会

没有人在意黎明前的蛰伏
从晨光熹微到喷薄而出的壮怀激烈
无垠的天空，多么辽阔的舞台
一个思想者独步理想国

仿佛一辆黄金的车辇从天庭驰过
耀眼的光芒溅起一路惊呼
日出东方，从不缺少仰望者
江山如画，是谁一卷在握

车窗外的霍童溪

一袭曳地长裙，掩不住的冰肌玉骨
叫蓝天自愿低下来，把你仰视

即使山风也袅娜不过你流水的腰肢
对这世界有无端的错误，你的眸子

这未曾公开发表的一行纯净的诗
谁翻开了，都读到大地的福祉

居住的地方有这样一条流水就够了
哪怕像一株水草，曾经为她迷失

多少不可复制的珍品像风华绝代的
女子，我们的亲近是梦想的奢侈

隔着车窗怅怅地看你，霍童溪
你会擦去我的足迹我会把你烙在心底

崀山灵雾

仿佛这场雾是我预订的
当我把烈日下的大天湖和白茶园留在身后
神已在山顶为我们搭起了纱帐
叫阳光像侍从在对面山坡守候

也许是山崖下有一台巨大的空调机
习习凉风拧小了裸岩心头的焦躁
坐在崖边凝望小天湖若隐若现
绿腰的草坡波浪般在风中舞蹈

那一刻我相信崖边有无数云梯
流岚像万千攻城者鱼贯而上争先恐后
草场是自愿失守的城堡，浓雾划出警戒区
保护草木的隐私驱逐贪婪的镜头

大自然的美拒绝饕餮，崀山的雾
是一次重游之约，也是一种阻止和劝导

翠屏湖的黄昏

这是一片有心事的湖水
夕晖中的山色湖光，包括晚风
都像浸泡在倾天而下的
氤氲酒色中，澄黄，温暖
有着不易察觉的晕眩
一个未饮先醉的人，眼波迷离
微风抚过的皱纹仍无法舒展

湖中岛屿是谁胸中块垒
水深水浅天阴天晴都难于释然
沉在湖底的那座千年古城
总像有一千双眼睛幽幽地
看着这一湖被囚禁的水
在它眼里，天空是荡漾的
像人心，伸出的手触摸不到

只有临水宫，经年眺望湖面
时刻想着凌波蹈水救助些什么

只有极乐寺，始终不动声色
以凝重而深邃的眼神开示你
得悟此中极乐，更有何处西天
湖山静默，老僧无语
黄昏是谁身上的一袭袈裟

翠屏湖的黄昏

仙蒲歌

车窗外，漫山清绿
我的目光与肺腑被一洗再洗
群山环护的净土，不容世外污浊

似一个沉睡的细胞，静卧
在大脑沟回似的山峦中，仙蒲
把你唤醒的人，我说残忍

可我也想残忍一回，依山筑庐
共享一段无论魏晋的日子
闲坐庭前，把满山清明写入画图

一条溪踽踽独行穿村而过
偏爱那份寂寞的骄傲，旁若无人
流入我心，纤尘不染

水中蓝天也像溪流洗过

云絮一动不动如山中岁月凝止
丁步上的人一抬脚就跨进白云深处

仙蒲歌

云淡

每次车到这里，心就飘了起来
呼吸也淡了，有一种诗意
氢气球一样把你充满
往缥缈处，升腾而去

你从遥远的天边来
座驾是一乘白云的轻车
淘气的谁一路撕扯云篷
最后扯成丝丝缕缕，淡如微风

云到淡处天就高了，也更远了
而你，离家近了
仿佛这里是人间的边界
再往前，就是神居住的地方

在锣鼓山守候落日

我每踏上一级石阶
就听见整座山轻轻颤响一声

像风被风推着爬上山顶
天已经洗过，能看得见晚晴

云在远天铺展开另一个人间
我够不着，但就在眼前

和一座山一起等待一次回眸
原谅我留恋，这最后的温存

白云山

白云的行宫。我来时
白云不在，云房空如无人的剧场
一座山清清朗朗，又仿佛空空荡荡

满山的林木不着片缕
九龙洞氤氲着初浴的湿润
一座山裸裎着，示我以最隐秘的坦诚

一定有人先于我访山觅云
却见雾锁云山，气得顿足留下脚印
那些人称冰臼或壶穴的石窟

在锣鼓山上遥望白云山
想起一个词：云游。云似游方僧
夕阳为山加冕，为白云披上金襕袈裟

曾经看云，悠游自在心有远方

而怜悯山，一颗被锁住的巨型螺栓
如今我羡慕它沉稳，自足，安详

白
云
山

读爱太姥山

千万年造化成就的标本
太姥山石，一个凝固的和谐人间

锯板的或非仙人，只是木匠
对弈和谈经的，也只是野老或寺僧
迎仙台迎接远来的朋友
金鸡每日叫醒梦台上的人
金犬灵猴天猫锦鼠也亲密相处
金龟爬到岩顶，玉兔也没想踹它一脚
靠得最近的那两个巨无霸
也留下一线天好让他人侧过

每一块石头各安其命，一个别样的
人间，有自己的规章和秩序
不在乎位置高低体量大小形相如何
相互拥抱，也相互倚重
有人想化身为石加入也没谁计较
太姥山，爱是最高原则

最年长的那对夫妻被公推坐在上首
成为宣言，最抢眼的标志

而在我心中，比夫妻峰更高的
是鸿雪洞，传说中的蓝姑和绿雪芽
拯救了瘟疫中无数贫弱的生命，树
起一座山的精神标高
更大的爱，云雾一般
在太姥山的更高处，升腾，缭绕

霞浦山，一座叫红的山

错过朝晖，浓云锁住了夕阳
想象江浦上铺满霞光，晚照染红山峰
这座以霞浦命名也叫红的山，同我
一道缘山而上的都是我的学生
一阶阶还没被统一规制的山路
是我长长短短嶙峋的诗行

人们不知道三十年前我曾来过
传说昔有陀罗仙翁居此修炼
幽深的红山洞，诗意隐秘的暗道
直达官井洋，如果汛期到来
官井的黄花会不会循洞而来开满山岗
一座山绽放成梦想的黄金屋

这胸怀锦绣视野开阔的一座山
登顶眺望，一重重山一片片海
意境繁复地把海平线和天际线推远

志书里傲然离岸的青黑玄黄四屿

如今读懂沧桑，匍匐在山脚下

心悦诚服地把红山守望

不与目海尖比高，不与葛洪山争仙

也不与玉山论佛缘，也许

红山只红在知己者的心里

但谁也改变不了霞浦因之而名的历史

船入官井洋，书页向两边打开

浪来时抬头仰望，一座山胜过罗盘

霞浦山，一座叫红的山

以一场雪邀约

——登柘荣东狮山记

以一场雪邀约，唤醒
白山茶白杜鹃野百合一路相迎
山风再清冽，漫山纯白的清香不忍拒绝
似有召唤来自"青云"之上
我们把舒缓的石阶弹奏成飞天的音乐

省略了粗陋的碑铭与雕刻
只让唐诗的镜头摄下霓裳羽衣的清韵
和堆好的小雪人合个影是必须的
凭栏远眺来两句沁园春也未尝不可
但在夹道的绿荫中驻足最是自然
就像雪被下的草木呼吸安详

阳光像清漆浇洒下来，可我却闻到
淡淡酒香，陶醉在这澄明的
晕眩中，我听见积雪融化的声音

仿佛一座山对我们的到来窃窃私语
又仿佛谁在录下我们的惬意

忍不住掬起一捧枝上的白雪
才发现东狮亮给了我秘不示人的
稀世纯白的鬃毛，这份毫无保留的信任
却让我有了盛情难当的惭愧
叫我在他年冬季，怎敢再次赴约

草，只有和草在一起

——写在鸳鸯草场

在树下叫小草，下雨了天晴了
眼巴巴望着树叶滴落雨水和光照
在田里叫杂草，战战兢兢地
死囚般等待被铲除的命运来到
在荒地叫野草，比起自生自灭
已不在乎被连根拔起或被火焚烧
在牧区叫牧草，践踏就忍了
祈愿躲过牛羊的嘴或割草的刀

草，只有和草在一起
手挽手挽成浩浩荡荡的绿
根和根握紧才无惧任何风暴
像鸳鸯草场的草，连绵，逶迤
有着团结的力量敞开的怀抱
不可侵入的界址不容伤害的面貌

和顺应四时的生长之道

春夏时节如温润翠玉，玉的波涛
秋深时像精工的丝绸，曲线曼妙的
山峦，穿起古典的金色旗袍
雨来了欢笑歌哭，青春不过如此
快乐和痛苦都可以挂在眉梢
风起时热烈舞蹈，扭动腰肢
恣肆起伏，整座山都有了节奏
露营地掀了帐篷，更见波峰浪谷
为什么叫鸳鸯草场，风来了就知道

风过后我更加同情草场外路边的草
相对于咫尺之隔的波澜壮阔
它们一棵比一棵更显孤单落寞
如何用力也拔不出扎在土里的命
但始终不肯倒下，卑微而倔强
虽然在风中有时也躬身，或低头

白鹭

像一篮芦絮轻飏而止
一群白鹭在树冠上敛翅
绿林在这时戴上纯银的冠冕
仙女在水边抛下白云的裙裾

临水而居，择木而栖
白鹭，飞行族中真正的隐士
飞翔驻足都似高洁的雪
我曾经梦想的人生方式

像大自然伤口上白色的盐粒
我听见有人痛心疾呼
请把湛蓝澄净还给天空湖泊
白鹭洲的白鹭正在消失

飞越我的旅途，一群白鹭
径直栖落我的诗中

一双看不见的纤纤素手

白鹭

拭净了世俗眼中的污浊

翠鸟

初遇在故乡
苇丛密密的芦荡上
那一份娴静与艳丽
使折苇撩水的少年
停止了呼吸

一次偶然的邂逅
却缤纷了我童年的梦想
我闭上眼就能看见
渴望飞翔的少年
长出了彩云的翅膀

十年后在一座书城
重逢这炙手的美艳
我来不及思索
那清纯便径直翻开了
我乡间的童年

而那翻书的手
我怎么了无法看清
只听见一朵飞翔的花
在城市够不着的地方
脆脆地啼鸣

翠
鸟

鸳鸯溪

鸳鸯的领地，没有围墙的禁卫区
夜里峡谷关上门，自己是自己的皇帝

择一地迁徙生息，一地繁衍儿女
从不说诗意栖居，却令诗人惭愧不已

冬日悠游，没有冰天雪地需要飞越
相伴流水春花，不愠不火也不离不弃

溪水来自天外，复往天外流去
两岸青山叠翠，猕猴家族是好邻里

不像人类，称羡鸳鸯却放不下万千贪欲
架起栈道，又把对爱的窥视当作生意

杨家溪

一

淡墨山水重彩枫林
杨家溪，一半国画一半西洋画地存储在
大地的计算机里，每个人每一次的
涉足，都只是拷贝

有多少人来过就有多少条杨家溪
有多少次亲近就有多少片枫香林

二

躺着是叫人遐思无限的容颜
波光粼粼的眸子永远初恋般蚀魄销魂
叫你顿悟死亡并不可怕和可耻
当一个人成为这种水的一部分

站着是让人浮想联翩的腰身
即使不走台摄影机的镜头也已疯狂
在这里你没有不洁的念头
同样是对身体的欣赏

三

"杨家有女，初长成养在深闺
人未识天生质丽……"

溪水的肌肤比想象的绸缎还要柔滑
化妆品在这里从来多余
可这是怎样的一个谜——

一个不施粉黛的人却置下了
茫茫一片叫芦花的眉笔
一个简居乡村的人却酷爱斑斓的时装
一年有 365 套自己裁剪的
枫叶牌裙衫

四

但我以芦花的名义反对
对杨家溪进行美容和化妆
大自然有自己的化妆师，她知道
在什么时节需不需要化妆

可我刚刚拷贝下杨家溪的落日
一抬头就看见月亮已在枫树林梢窃笑
仿佛紧握手中的一块金元
一松手就被谁换成了一枚银币

在浦源，做一只鲤鱼

在浦源，做一只鲤鱼是幸福的
锦衣在身，没有了跳龙门的压力
洗衣淘米的手停下来与之嬉戏
幸运的锦鲤触手可及

一条溪就是一个独立王国
每只鱼都是王或后，悠游自在
在溪里环游就是在巡察自己的领地
担心饥饿和杀戮在其他水域

把一个生灵奉为神一样的存在
鱼的传说氤氲着人间的神秘
神光把一个村庄照亮，反哺和滋养
远来的观光客像是朝圣者，在浦源
爱是流淌的，感恩是斑斓的

鸳鸯树

千年之前
是谁种下错误的种子
挺拔成今天绝伦的风景
宋元明清
人间冷暖悲欢一一刻进年轮
皱纹爬满记忆
热情年年萌生新绿

相拥无言
任堆积脚下的日子深入根须
夕光如注
谁愿意独立晚秋苦守相思
纵使触犯宗规族法
也不过这样永恒示众
永不分离的手臂
寒流之上深刻的孤独
大自然理解伟大的爱情

云也亲昵雾也亲昵

地老天荒
有多少这样无畏的情怀
这样热烈的倾诉
何须罗绮缠身何须乌纱及顶
只要长相厮守爱人啊
纵千年风雪一夜来袭
紧紧合抱成一对化石
幸福依然是嫩绿的初吻
永不凋残的深情凝视

午时莲

魅一般升上正午的水面
总把自己收拾得无比光鲜
不得不信你在赴一场前世的约会
婷婷地立着，啥也不说
娴静，风情，羞涩中有着
不容劝慰的坚定，固执与倔强

避过暮鼓晨钟，不在乎风舒云卷
那是怎样的承诺，与谁的约定
叫你一意孤行，不管不顾
即使日复一日的等待已是虚无
即使那份庄严和神圣
成为被围观被景仰的仪式

最初我同情你的痴情和轻信
最后我同情这世界，同情自己

绿色城堡

在村庄和海岸之间
是你们坚强正义的臂弯
呵护温暖了小村不眠的
油灯，犬吠
今夜千里之外我依然听到
你们梦幻的摇篮曲
风平浪静，风平浪静

而一夜风沙只有你们知道
那是怎样的一种厮拼
抵足相守把滩沙攒成沃土
任阔叶风衣撕裂万缕千丝
每看见父亲掌上十座小山
总难忘你们粗糙细瘦的指节

我回家时候台风已远
不忍捡拾你们被摧折的心愿

作为刚直与忠诚的形象

在海边，在乔木的家族中

谁能替代你们的位置

为留住我亲人眼中的清溪白云

终老沙丘你们没有离去

家乡的土地上

正因有这样一道散发体温的

绿色城堡，抗御海洋的暴虐

抵挡四时的伤害

离家后对善良的父母兄弟

我才少一份牵系

桃红海岬

在哪一场雨之后
春天点起了这么多粉红的灯
把冬眠的海照亮

因了这片羞赧的红晕
春海藏起了四蹄
躁动压得比落花还低

也许心中正酝酿一场大潮
借浪梯爬上海岬
寻找一位掌灯的女子

但这匹天女袖落的红云
拢住了波浪的野性
桀骜的人学会来回踱步

看一朵花驯服众神的烈马

我惊异于温柔的力量
宁静端坐激情的浪峰

我不敢想象大海的额上
要是没有这抹红霞
这个春天会怎样暗淡

僻静的海岬
波浪将在哪一个枝头
安置明年的遐想

海岸边的太阳花

不知道当初你和多少姊妹
偷来天庭玉液在此放纵自己
缤纷的裙裾，酡红的脸庞
看晕了一道旷古的海岸

你一定碰翻了天上的杯盏
发蓝的陈酿遍地横流
你一定哭红了无忧的双眼
伤心的泪水比酒还多
要不，这醉人的汪洋
怎有泪水的滋味

你一定舍不得这千年琼浆
等待酒色海漫上沙滩
你一定忘记了覆水难收
伸出杯盏大海张开了归帆

你一定在这时学会了倔强
索性守着这如酒如泪的汪洋

海风自此撼你不动
黄金的杯盏斟满涛声
只是回首千年已逝
苍茫海岸谁与你并立滩头

银羽草坡

在我们命名之前，这个草坡
一定有一群白鸥来过

那些比我们更富于幻想的天使
为满坡的葱绿披上银箔

传说有一对鸥侣伤心离去
决绝地弃掷了所有羽毛

梦幻的西洋岛，梦幻的绿地
梦幻的银羽草如白云飘落

飘然而至的你和我
无意中做了一回云中客

三沙港之夜

一段本不适合告别的海岸
一个也不宜存放离愁的港口
今夜的月光是谁的眼神，若即若离

湿润的海风像初浴的长发
避风港的长堤笔直地插入海里
舐岸的微澜恍若隔世的呻吟

那时我来了又匆匆走了
灯塔还在，可坐在岸上的老水手
真正老了，像堤岸边的豁口

怕梦境太黑，再次到来的
我把灯光彻夜打开，它照出了
一个少年成长中的灰烬

港湾里，船只和水手一道沉入梦境
只有一艘还亮着桅灯，显得
与夜海如此格格不入

下尾屿

大海一点也不着急。以水为具
一线一面，一星一点，一笔一刀
细细地刨削，雕琢，镂刻
不时扬起一些刨花与木屑
我们在礁石上看见雪浪和泡沫

这件叫下尾屿的作品，大海还在修饰
每天两次出工，神也无法阻止
千百年不为人知也不在乎
执意把一个半岛的犄角，僻静海岬
打磨出海风也尖叫的造型纹饰

通往下尾屿的路曝光了大海的创作
潮水般涌来的手机叹为观止
但大海毫无竣工的意思
云在上空想到自己的漂浮和浅薄
羞赧的脸上有晚霞飞过

我的东吾洋

与你看到和想象的东吾洋不一样
它只在我的生命中呼啸、喧响、汹涌、荡漾
在老家一开门，就看得出它的海洋性脾气
闭上眼睛也能回放，它风雨潮汐的模样

我爱它正午的波光，数不清的金星闪烁
夜里的渔火，黑暗中喊得出名字的花朵
爱它逶迤的海岸，成排的百年古榕飘拂长髯
大潮过后的沙滩，一张换了肌肤的脸庞

等待父母讨海归来的傍晚，它是鱼虾贝蟹
天赐的菜篮子，我们雏鸟般饥饿的盼望
目送乡亲出海的清晨，它是浮动的村庄
无汛的渔期，蓝色的自耕地与四季牧场

曾经为手指被捉到的青蟹钳住而哭泣
为父亲的海带桩缆被台风肢解而忧伤
也曾一个人独坐岸边，看月下的海面

那么多银子，我却买不起一张车票赴约远方

在深秋的寒夜冥想，我没见过面的爷爷
当年赶海归途中，冒犯了哪一位海神
我心中的这片海，不是你眼里的滩涂影像
你看它溢彩流光，于我却是心事浩渺的汪洋

小时候在家门口，看成队的三桅船驶过海面
想它们转眼消失都去往何方，如今
东吾洋是不是也在问，那岸边看海的少年
可也是一艘驶出了海平线的木帆船

黄花官井

传说一位逃亡的皇帝经过这里
愤怒的波涛拦住了去路
像行前抛下祖庙宫阙
绝望中他掷下随身的玉玺
想不到风浪瞬时平息
海底下抽出淡泉一枝
一枚沦陷的江山，大海的伤口
我的乡亲却这样命名：官井

从此这海域四季如春
黄花女成群结队奔来沐浴梳妆
腰肢袅娜舞姿蹁跹细语温软
裙裾的暗香随波起伏
让辛勤的蜜蜂飞断翅膀
名不见经传的官井洋啊

像一棵碧波荡漾的梧桐树
栖息了天外飞来的金凤凰

这就是我家乡的官井洋
养育了鱼类中最美的姑娘
我深信看不见的水底下
有一座隐蔽的宫殿金碧辉煌
有一所人间没有的贵族学校
还有最好的裁缝与化妆
从官井走出的黄花女
无可挑剔的高贵端庄

不论独自出行还是集体远游
不论养在深闺还是远嫁他乡
那风情万种的仪态
那高贵天成的气质
那优雅从容的步履
那美艳脱俗的服饰
更有那淡雅夺人的唇红
都叫三千粉黛颜色顿失

啊，家乡的官井洋
太平洋后院一座葱茏的花园

这花枝摇曳的黄牡丹

神仙见了也眼馋

看，水面摇来一叶舟

还有歌声飘逸的小渔郎

注：大黄鱼，俗称黄花鱼，有鱼中小姐美誉。官
井洋，全国唯一的大黄鱼产卵洄游基地。

黄花汛

三月黄花浪，四月白鳓山。

——官井渔谣

那花说开就开了
纯金的花瓣如云如浪
一千双眼睛忙也忙不过来
那汛说来就来了
鱼香袅袅的洪流
十万个闸门挡也挡不住

一座会游动的岛屿
一座会唱歌的山啊
渔民们在舷边俯瞰
一时竟愣着忘了撒网
其实也真不知如何下网
谁能一网拉起一座山呢

当然网还是下了
但满载而归这时不算凯旋
少年的我坐在老家门口
想金锭是怎样长出鱼鳍
鱼谣的鳃帮轻轻翕动
鱼筐就已气喘吁吁

听鱼

不知道他们发不发通知
悄无声息地便聚在一起
要是我踩在他们背上走过
他们就是一块不沉的陆地
一块会说话的陆地啊
咕咕而鸣喋喋不休
像春天敲起了所有蛙鼓
海里有了会游泳的布谷
渔村说官井的花蕾就要开了

可我肯定他们是在密谋什么
要是我有一双鱼耳就好了
如果这时我在他们中间
进退攻守赞成反对
我能提出什么样的说辞
暴动的前夜大都如此
像一个熔岩激荡的火山
一个波涛汹涌的乐池

我感到海水有些发烫
官井像一座群情澎湃的广场
那围捕的部队已四面赶至
而青春的他们全然不知
试想此时撒网能有多少逃脱
纵然能够一时漏网
可如何避过流亡的漩涡

敲鱼

一声，两声，三声……
海面上梆子声响成一片
像急促的鼓点疾驰的马蹄
一种多么原始的狩猎方式啊
每一声都是无形的箭矢

如果官井长了双耳
这时他一定捂紧耳朵

我看见一片蓝色丛林
火光照亮了喧天的嘶声
谁说这是敲山震虎
驱逐与杀戮有本质的不同

你看，官井扭动起来了
鱼宫摇晃起来了
黄花小姐们四处逃窜

这是谁在叫唤
我的胸鳍遮不住耳孔
这是谁在呼喊
为什么我的头晕痛欲裂
这是谁在哭泣
我的鳃边流出了鲜血
一个少年在岸边听到的全是哭声

一只，两只，三只……
黄花像无数气泡浮出水面
海顿时静了像空山像断弦
像一场葬礼就要开始
舷边漂集了厚厚的落花

敲罟人是不是想到
今夜自己又当了一回刽子手
我闭上眼睛就看见了
一个遍野陈尸的古战场

仿佛蓝色山坡上的一座果园
一夜秋风萧杀
只剩下数不尽的秃枝

官井渔火

把一盏"风不动"挂在船头
把一张小网缯系在舷边
你抬头看看暮夜的官井
坐下来把烟丝卷成纸烟

你知道渔火不仅仅照捕
它是渔村与夜海的期待与风景
就像航灯不仅仅指示航向
它给夜航人以希望和温馨

无月的夜海是黛色的草原
渔火是一只只小小的流萤
官井洋黄金发酵的时候
它也只佩带这些未打磨的星星

可就在渔火明灭之间
海面上浮出个岛屿灯火通明

我担心哪一天那口井枯竭
这海域是不是还叫人倾心

今天的水上村庄彻夜不眠
可我怀念渔火朦胧的宁静
其实渔灯就是一种憧憬
它代表了人生的一段心情

鱼殇

纵使我的呼唤穿透官井
而你已经一无所知
纵使我的双桨划出了鲜血
可洄游的速度赶不上你
熄灭的呼吸。你这鱼中的
蜂皇，海里的百鳞水仙啊

围观者闻风而动倾巢而出
而你只是静静地躺着
一如你毕生的雍容华贵
优雅的身段高贵的黄袍
标致的唇红慈祥的面容
使人群中的女性自惭形秽

这官井洋上的爆炸性新闻啊
鱼贩云集，待价而沽
站在人群的不远处，此刻

每一声竞价都是一把尖刀
深深刺入我的心底
我的疼痛没有疼痛可比

身为官井的鱼后，却怎么
突然想起独自出行
一辈子爱着儿女恋着鱼宫
从来庭前信步深居简出
可是什么使你心血来潮呢
要是你中途折返该有多好

你熟悉官井的每一条小径
怎么绕不过一个小小的陷阱
莫非你童心复萌想扮成落难的
小金鱼，再玩一回童年的游戏
只可惜童话中贪婪的老渔妇
成了今日的老渔夫

如今的官井是不眠的城池
你为之骄傲的花园日渐荒芜
以有生之躯铤而走险
你一缕亡魂又能唤起多少良知
身陷重围时你想起什么
是不是又见官井三月黄花如潮

鱼在飞

在闽东的高速公路上
入目尽是大黄鱼侧身飞翔的姿势
是鱼鳍在水中长出了羽毛
还是白云在天上化作了浪花

仿佛海里衍生出钢铁的水族
波浪间有了一条全新的道路
仿佛空中多了长鳃的候鸟
迁徙的路线比洄游宽畅笔直

不再以一种凝固的泳姿
装点缺乏动感的城市。在闽东的
高速公路上，他们和车流

争抢速度，像一群黄鹂
让我们的心情也张开了双翅
叫一方水土忍不住欲飞欲舞

夕阳下的三都澳

只一瞬间，三都澳亮起来
夕阳像橘红的颜料泼洒在它身上
又像天主教堂里飘出的琴声
一种暖意在凝视的眼中流淌

云絮还是百年前的样子，衬出
海天的湛蓝。修道院和福海关的
墙上，斑驳着荣辱与沧桑
造访者心上有岁月的痂痕

这湖一样深沉宽容的水域
仿佛掠夺与残杀在这里从未发生
海岸边两行蹒跚的脚印
水面上一座摇曳的渔城

可是谁忍不住说出了观感

假如不是百年前的对外通商口岸

假如不是半个世纪多的军港

今天的三都澳会是哪般模样

又见白海豚

在东吾洋上掀起吸睛的小旋风，一群
陌生的访客，银色的背鳍流线形的身体

推开那扇叫东冲口的海之门，归来的
是已经太平洋整训过的口音和泳姿

一路跃出水面俯冲入水，画一条优美的
心电轨迹，激活海边少年存盘的记忆

不再担心围捕和设伏，也不再想为何
长久音讯断绝，与这片曾经出没的海域

那年，三个从台湾结伴回乡探亲的老兵
在故园久久徘徊深深呼吸，不忍离去

中篇

沿着灯亮的方向

一块叫财富的石头，闽东切入的
还在表层，做一滴坚韧的水吧
相信终有把石头滴穿的时候

下党红了

一路红灯笼领你进村，下党红了
像柑橘柿树，也点亮难忘的灯盏

公路仍多弯，但已非羊肠小道
再也不用拄着木棍越岭翻山

有故事的鸾峰廊桥不时翻晒往事
清澈的修竹溪已在此卸下清寒

蓝天下林地茶园错落成生态美景
茶香和着桂花香在空气中漫漾

虹吸金秋的暖阳，曾经贫血的
党川古村，血脉偾张满面红光

在下党天低下来炊烟高了，你想
小村与大国有一样的起伏悲欢

为了迁徙的告别

告诉水里的游鱼，我们将不再漂泊
不再以船为家，一顶竹篷逆风挡雨
请原谅投网的惊扰也感谢水中的相依
把航行中的碇泊当作不沉的岛屿

也许陆地上有不一样的晕眩
但不再求潮汐施舍也不受风暴歧视
一枝浮萍终于有了植根的土地
从此成为坚果，坐拥厚实四壁

告诉空中的飞鸟，我们的村庄
要远行，要离开这祖先避世的山居
曾经掘尽野菜，甚至剥下树皮充饥
野无遗食，愧对候鸟远来停栖

虽然山下的路并非平川坦途

但无坎坷崎岖之苦悬崖峭壁之欺

生于淮北之枳去土移植淮南

转身与橘为伍，酸涩成为记忆

赤溪开口

"山有小口，仿佛若有光。"
"从口入。豁然开朗。"
穿山口过隧道，我们直抵赤溪

赤溪是条山溪，也是个村庄
四面环山像封闭的古堡也像鸟巢
巢中一只无法破壳的雏鸟

出山的溪涧像城堡的水门
曾经流出一封下山溪的来信
像一枚针刺痛中国乡村贫困的神经

赤溪人梦想城堡开个土门
他们相信五行相信土能生金
相信大山开口日便是雏鸟破壳时

因一个预设的行程赤溪梦想成真
大山开口只说庆幸不说悲凉
引导我们感恩苦难孵化成风景

九仙重生

是不是上帝真的打了盹
禁苑的魔兽化作泥龙呼啸下山
传说九仙居住过的地方
一瞬间被凶残撕裂，鲸吞

天意垂怜，九都域内
多了个让人放心不下的村庄
仙境再美，终不如人间踏实
受难的凤凰易地疗伤

风云际会，巨龙过境
金凤凰再次涅槃，童话般重生
九仙，一个不可复制的样板
大自然的亏欠，人间的额外补偿

寻找一条著名的裤子

一家唯一一条没有补丁的裤子
夫妻轮流穿着会客的裤子
这手工缝纫的裤子
正面的标识是尴尬的尊严
背面缝合了看不见的耻辱
百姓家是天，日月竟如此交替出庭前
日头想起那天空了的年月
还不时羞红了整张脸

没见过大世面，却见过大人物
一度代表了闽东山区最低生活指数
一条现已不知所终的
著名的裤子，也许因为
被当作贫困的代名词远近传播
感到对不起勤劳的主人
也给新社会抹了黑
悄然自绝于某个不为人知的角落

一条多么善解人意的裤子
一家人谁穿上它都认
像我的父老乡亲，从来驯顺缄默领命
朋友，如果你遇见它，请予抚慰
并转告，脱贫展示馆在寻找它
代言和宣扬一片地域一个时代的变迁
历史博物馆也在邀请它
见证和思考一个国家一段历史的沧桑

愚公新传

——访龙潭村有感

恨山外世界的精彩为大山阻塞
对太行王屋说不尽的苦大仇深
立重誓要移走这万仞屏障
率家人叩石垦壤，老愚公说干就干
相信子子孙孙前仆后继定能完成

操蛇之神还没上天报告
河曲智叟从城里回来又到北山
告诉愚公世有乾坤大挪移新法
搬出笔记本电脑接着以手机示范
以一根网线把山外的世界拉到眼前
凭一个智能手机让村庄翻越了大山

望着多数人搬走已近空壳的北山村
愚公一时沉默，内心倒海翻江

再次聚室而谋，说智叟言之有理
不如将已挖的山口修成村路
让城市进村寻找乡愁回归自然

恰逢夸娥氏二子负命而来
愚公请年轻人留下帮助改造村庄
寒暑易节，老愚公成了网红
武陵渔人慕名而来当起电商
南阳刘子骥随后加入成为新村民
陶县长抖音直播称已经找到新桃源

操蛇之神再次报告天庭
愚公已醒悟门前两山就是金山银山
从前是人恨山来山挡道呐
如今村里文青多了，学一个姓李的
文绉绉地说什么"相看两不厌"

弱鸟志

一

"闽东不富，天地难容！"
这是一位改革家的仰天浩叹
有谁品出其中沉重的悲愤
这是一个"父母官"的倾天断言
又有谁听懂言中深藏的代责与愧疚
这是一尊闽人心中的神的惊天谕示
闽东能富，闽东必富
不容置疑的天理与人道
殷殷拳拳的热望与期许

二

太姥山灵秀，白云山神奇
翠屏湖恬静，霍童溪清丽
无不是上天的最好赐予

虽多丘陵，甚或崎岖

如车岭九岭在民谣中令人怯步

但可平园种稻梯田种果山地种茶

哪怕小瓜大白菜，也成长在

氤氲的仙气里，更有

福宁湾官井洋三都澳沙埕港

千里海疆，每一个皱褶里

都藏有海神丰厚的赠礼

丰姿绰约的大黄鱼，在太平洋

游得再远，每年汛期都要回到这里

难得的山川，不二的海，凭什么

成为中国黄金海岸的断裂带

成为贫困的同义语

三

这里诞生开闽第一进士

与贺知章同为太子的老师

这里走出禅宗沩仰宗的开山始祖

踢翻束水的净瓶一朝开悟

这里养育南国愚公，十年凿渠开山

留下世界灌溉工程遗产

这里成长领兵台湾的一代名将

为家国平安镇守东南海疆

这里的田地被当作锦缎织绣

海洋被当作田地细作深耕

这里的神多是救难除厄的女性

这里的人为死去的鲤鱼建造鱼冢

千年之前，这里的海岸和居民

便敞开襟怀拥抱了因飓风迷航的

日本遣唐使节和空海高僧

多么好的人民，问天何忍

让他们永远陷于穷愁的窘境

甚至出现夫妻共穿一条裤的囧事

如今想来依旧泪目锥心

四

山下田园如画，海面碧波荡漾

站在葛洪山上，智者感慨

闽东是念"山海经"最理想的地方

这是因地因势的引导与判断

把脉闽东，一剂脱贫良方

大念"山海经"，闽东

搭起九个赛台攻擂夺标

山海间各路高手纷至沓来

松杉栎栲一季季换上新装接着念

橘柑橙柿提着灯笼加班念

蘑菇香菇打着伞儿来

银耳念得脸上开出晶莹剔透的花

海带紫菜秀着仰泳姿势漂在水上念

鳗鲡扭腰摆臀连舞带跳念出现代风

大黄鱼"咕咕咕"地念着

始终改不了不"普通"的闽东口音

山溪水念着念着经过电站眼冒金光

太子参揣着补药赶来助阵

念"山海经"一步步解开"魔咒"

还有谁在乎资本主义的尾巴有多招摇

山上林戴帽，中间果穿腰，海里鱼虾跳

成为闽东乡村的新民谣

五

"弱鸟可望先飞，至贫可能先富"

这是观念上的先飞，意识上的先富

是勉励也是方法，更是信心和希望

"我们穷在'农'上，也只能富在'农'上"

农与穷不是天生连体的苦瓜

靠山吃山靠海吃海不丢人

这是老祖宗传下来的生存之道

"东风"一时请不来，"金娃娃"也不是

想抱就抱，那就继续念"农字诀"
把"山海经"念优念特念高

山也还是那座山，海也还是那片海
但山海的交响奏出新的天籁
福鼎白茶坦洋功夫目海毛峰天山绿茶
逶迤的茶园像一条条翡翠腰带
成为闽东山地的主色调
海参南下在这一落户便成大牌
小姐鱼依然唇红齿白地受人青睐
收获季节，一笼笼一网网拉起
会呼吸的软黄金，怎不叫人赞叹
这耕不够用不竭取不尽的闽东海

六

那山那海那人，那说不尽的苦难从前
那悬在山上和漂在海上的人家
终于迎来造福的迁徙，犹如
天地间响起春雷，震得惊蛰的虫儿
从睡梦中睁开眼睛迎向春天

那梦中的祈盼终成现实
天意垂怜，抛下定位的"馅饼"
像一阵"秋风"把茅草屋全部"卷"走

茅屋村二坑三坪被"吹"到东山

像一次"春潮"把连家船"推"到岸上

上了岸的下岐村从此告别下岐

像一场"春汛"把自囚式的蜗居都"请"下山

下山溪下了山汇入赤溪

不求如何乐业，但求能够安居

多么卑微的愿望，曾经多么奢侈

如今像老奶奶坐在庭前，阳光洒在身边

七

与台湾隔海相望，新中国的海防前线

曾经以游击战争思想指挥修路

公路往山高林密处修去

在路上看不到美丽海岸线

都说闽道更比蜀道难，最难在闽东

穿境而过的 104 国道，国家动脉

在这里明显曲张甚至堵塞

就是给"输血"，如此脉管如何流畅

"要脱贫路先行，要致富修大路"

这无人不晓的道理，于闽东

却始终是个沉重的话题

一个动脉畅通的闽东才是健康的闽东

盼路的闽东人盼到了新世纪
沈海高速和温福高铁抛开老路
沿着海线岸领着闽东向前冲刺
一只弱鸟终于展开翅膀，飞行追赶超越
眼中闪过的每一秒都是不同的风景

世界与闽东从没这样近距离相互审视
风从八方来，吹散闽东脸上的阴霾
无数看不见的手在急切地叩门
闽东与世界只剩下一只手臂的距离
对于追光逐影者，闽东的城乡
和山海，从没有这样招人
从未有过的多姿，多彩

八

这一片卧虎藏龙的土地
竟孕育了一只令人震惊的"独角兽"
这里有太多媒体聚焦的理由
但有几个字经济新闻一时跨不过去
时代新能源！闽东在这个新时代
蓄积的腾飞的最新能源

中国"创业板"迎来"宁德时代"
一个宁德经济"野蛮生长"的"时代"

领跑新能源，一骑绝尘
追梦路上，闽东还缺乏动力吗
星光满天，银河自然璀璨
牡丹一枝，却让春天分外摇曳

九

虽已不再是连片贫困区
但离全面富裕还有遥远路途
曾经贫血的闽东，需要更多的
"新能源"，更多的造血骨髓
曾经掉队的宁德，需要更多的
"上汽速度"，更多的弯道超车本领

一只弱鸟跟上了飞行的队伍
但天空不会总是日丽风和
只有经过风暴淬炼的翅膀
才能加入领航飞行方阵

一块叫财富的石头，闽东切入的
还在表层，做一滴坚韧的水吧
相信终有把石头滴穿的时候

我有一亩葡萄园

"我有一亩葡萄园"。在官田村
葡萄园区内的这条标语分外抢眼
那份以亩计数的骄傲和幸福感
就像宣示我有一个紫玉矿
把一群城里人的优越感削了一把
让他们心生三分羡慕七分向往

不知谁哼起吐鲁番的葡萄熟了
让我想起小时候读过的葡萄沟
可是不见"亭亭座座珍珠塔"
也看不到"层层叠叠翡翠楼"
只见大片大片化不开的积雪
一垅接一垅凝固的浪涛

银装素裹的葡萄园,棚架下
每一串葡萄也用白纸袋精心包裹
像裹着甜蜜的水晶玛瑙

我仿佛是也"有一亩葡萄园"的
"我"，对镇村干部反复念叨
别叫祥瑞葡萄了，官田名字多好

溪塔葡萄沟遇雨

与一场快递给溪塔的雨同抵葡萄沟
虽然葡萄不是我一眼就认出的那些葡萄

溪流唱起迎宾曲，因为雨水加入
比三月三阿哥阿妹唱得还浊还欢
伸到溪面的葡萄架，悬着串串刺葡萄
挂着小水珠，比平日更加招人
雨落在中国最美的葡萄沟，像是证明
这是个水到渠成的称号

在岸边小摊驻足，蓝姓老伯递给我
一串葡萄时，大娘正问我刚品尝的
他们自酿的葡萄酒味道如何
若不是行程紧，我倒想坐下听听
好客的溪塔人说说他们父辈
种下的山葡萄，怎样繁育成如今的当家果

因一场雨，我们没走完葡萄沟全程

但在雨中，已看到溪塔最美的风景

野柿子

当村庄像柿子掉光的
柿子林无人管顾，野得
忘记了自己还有甜蜜的时候

你以为误入卖红灯笼的墟市
一整面山坡红得拥挤
红嘴鹊一口一口把火焰啄食

不知哪一个猎美的镜头来过
没心没肺的自我沉醉的
野柿子，一时成了网红

从城里回村，你悄悄
包下柿子坡，在网上售卖
也卖秋天的热烈与红火

穿着红衫裤上树摘柿子，你
成了网上比树上更红的柿子
笑容的含糖量也超过

再上半岭

云中半岭，云中闪着微光的半岭
随李步舒穿行在这个他驻点的村庄
黄昏的阳光贴在土屋墙上
干稻草的清香，弥漫隔世之感

村边的风水林里种着灵芝木耳黄精
林间路上走着萌兔园里出来的游人
风水的内涵超越了祖先的想象

千亩茶园已习惯了取悦手机镜头
一坡坡红心猕猴桃也搭起棚架
奇岚山穿上了草绿色的摄影背心

特色民宿农家菜和房车露营地
大山以半个岭把城里的乡愁招引
在外打拼的人重回梦开始的地方

在瞭望台，望山脚下峡谷清溪
山头上高天流云，李步舒让我看的
高倍望远镜，能否把梦的远景拉近
半岭村，从此再上半岭

沿着灯亮的方向

雨在远山。戴着三层面纱的天空
比货车的顶篷高不到三尺，暮色
也像有十根手指，把我的心
紧紧揪住，像攥着一把红土
我仿佛身在一个冥晦而陌生的处所
一阵混合着油烟的饭菜香随风
挤进车窗，它们唤醒和打开了我
生命中某种隐秘而温暖的感觉
这个叫松罗的村庄，我曾经
无数次穿过它的拥挤和嘈杂
视若无睹的村庄，仿佛有了一条
神秘的道路，如一枚银针探入
我记忆与想象的某个幽深的死穴
我忽然想起老家风雨中的瓦屋
在这个傍晚黑色的脊背将弯得更低
想起这个村庄曾有个帅气的小伙
在我家乡低着头当了上门女婿

仿佛与我相邻而坐的是我妻子
一盏灯亮了，又一盏灯亮了
松罗亮了，沿着灯亮的方向
汽车穿过厚厚的暮色就像回家

祭灶图

摆上鱼肉瓜果灶糖，也摆上米酒和豆子

再换上新的灶神像，点上香烛

双手合掌念念有词对灶神爷表示感谢

你刻意不去想那些年的祭灶日

可无法揭去记忆中的另一幅祭灶图

扫尘洗屋后也为烟火熏黑的灶神像擦把脸

再把"上天言好事回宫降吉祥"的旧联粘牢

摆上自留地摘来的果蔬和清水

心中默祷并许愿求灶公灶婆保佑

那时你说，宰相吕蒙正住寒窑时

祭灶，还只有一碗清水呢

像是自我解嘲，又像是自我安慰

如今，脸上是掩饰不住的自足

见证

我看见某些物仿佛人，一样有命
譬如这个年这个新居，它像一个
初生的婴儿，鲜亮光洁
未来的日子正向它迎面走来
而我却觉得自己只是一个谁派来的
见证人，我看见了它苦难的前生
百年老屋阴暗的东厢房
二十年前村口风雨中的土房子
五年前城东低矮的老木屋
当然，我还将见证它今后一段日子
我的目光在场，我的影子隐匿
我的身份明确，我的使命秘密
我是户主，感觉却像房客
甚至更像一个城调队员
好像我的到来只是为了掌握某些数据
为了向谁证实一些什么
作为在场者，我目睹了时间穿坏的鞋子

比一般人多了一份发言的权利
请盛开的花把香囊掖住
劝干瘪的果将愁容藏起

农家小院

这是我无限熟悉的农家小院
闭上眼也能触摸到院里的秋天
像一根稍不留神就发芽的篱桩
我姐姐腆着肚子站在篱笆墙边

胸部丰满，臀部浑圆
小院纤尘不染你没有不洁的意念
你只是惊异她怀里的簸箕
装有怎样奇妙的琴键

就在那随意地挥手之间
鸡鸭列队拢来歌声唱成一片
仿佛应和乡村秋天的弹奏
争食的家禽们舞姿翩跹

而我就在那时浮想联翩
姐呵，你是真正的鹤立鸡群
难得你撒下鸡黍升起炊烟
把每日地头归来都当作凯旋

树的后面是村庄

一棵树站在山梁
一如我孤独的怀想
树的后面是村庄
那村庄是穿透心房的幽光

一棵树长在云端
风吹动我高高的向往
树的后面是村庄
那村庄是白云神秘的闺房

一棵树扎根心上
攥着我深沉的感伤
树的后面是村庄
那村庄是离梦最近的地方

海边的庄稼

离开高处

以另一种姿态生活

我故乡的庄稼们最早加入

涛声和渔火

以绿叶手掌拍打铮铮海岸线

山歌唱出海的风骨

俯仰之间

学尽大海的风流恣肆

在海边，在山海的夹缝间

庄稼们活得豪迈而艰苦

海边贫水

习惯山泉的舌苔被迫调整航向

双脚埋得越深

体内越多盐卤

我不知道这是不是财富

海边的庄稼

一出生就在咸涩中浸沐

这样的洗礼使一生尝遍百味

独不知什么叫苦

当年我被移植别处

缺盐的骨骼经不住风雨侵蚀

多想从头再活一回

趁着暮色我独自回家

穿过故乡的庄稼地

喊一声我回来了乡亲们

海边的月光下

高粱玉米们苍老的掌声响成一片

我听出有个疼痛的声音

是我年迈的父母

秋日午后

醒来时，阳光正好
像一匹丝绸
我感到从未有过的闲适
一种说不清的情调
在胸中荡漾

午后的乡村静如深山
鸡鸣鸟叫都无法拂去
陌生而亲切的宁馨
阳光瘫在干草垛上
温情有一副如水的面孔

走在不平的碎石路上
一个村姑对我颔首微笑
恬和的心境无法掩饰
秋日午后的阳光
温暖，迷人

漫步秋野

低着头在秋天的田野独自散心
黄菊花藏起了我走过的小径

我仿佛看见有人对我摆了摆手
却只见稻穗点了点沉重的头

我听见浅蓝色的夜雾轻轻流动
一支抒情曲向我徐徐飘来

环顾四周偌大的稻田和黄昏
只有稻草人手执竹枝头戴草帽

仿佛置身俄罗斯金色田畴
我震惊于故乡秋野深沉的恬美

轻轻念叨愿你温柔如金色玫瑰
在丁香的夜雾中向我频频点头

冬日的阳光

从秋天的日历走过
翻读一页页晴空秋雨
你不经意间北风来了
桐叶飘落枫叶醉红没有声息

某一日放眼北窗景物依旧
秋天站在地头丰收的欢乐挂在檐下
只在你与那一堵断墙对视的
瞬间，阳光忽然有了
一种说不出的迷人
使你感到温暖感到晕眩
像第一次绕过稻田谷子黄了
第一次走向山地麦子熟了
一种奇异的芬芳侵入你的肌体
拂之不去

你全身的每一个感觉末梢

都想伸出两片叶子

承受这金黄的抚摸

你想拆了顶棚

让阳光金凤蝶一样贴满四壁

或在山边的那一块岩石上躺下

肢解过去袒露所有经历

阳光海一样包围你

载你逼近某种无法达到的境界

逼近成熟

遥望冬日的阳光，如遥望

生命厮守的土地

走进冬日的阳光，如走进

童年的家园

怀念耕地

只有故乡带来的小路
还忠实地蹲在我门前 驮我走回
村庄 童年

又见棕榈宽阔的手掌
翻开我一生最初的影集
钢筋骨质的乔木林
齐刷刷长满我背后的初耕地
伸不出一片绿叶
清凉我的目光 记忆
水泥阳台上许多美好事物
都失去了古朴和诗意

我呼吸在五月的阳光下
激动得胸脯起伏的稻浪呢
我头佩白花偎着陌屋
娴静如乡村姐妹的李子树呢

我童年的打麦场
躲藏我童年的麦秸垛呢

故乡的山脚下
我已找不回
山豆荚叮叮当当的铃铛
每一个树墩都以百年前的目光
一圈圈把我狞视
水意的日子丰满的耕地流向山外
山　峰　老　去
令钟情人类的禾本科作物热诚的
心　流出一个又一个雨季

呵　耕地　没有你
我将在哪里种植豌豆种植棉花
种植花季鸟鸣
种植阳光小麦和诗歌

坐在播种和收获的节令上
眺望你怀念你
不是一般的恋古怀旧
不是翻开宋词唐诗
逼向我们的古典情感
那是踯躅在傍晚的雨幕里
被母爱抛弃的童年一样

渴盼归宿的呼唤

犹如无根的树

一种无依的痛苦透彻永生永世

我被流失被蚕食的耕地哟

想念你 在乡村教堂的

晚钟 以最温柔的手势抚过村庄的

暮 色 里

像无枝可栖的知更鸟

我泪流满面

在棠口

这个下午在棠口寻找记忆
当年信封上的地址已不复存在
写信的人更杳无踪迹
转过八角亭，回到千乘桥上
我也像一封找不到收件人的信
被批上查无此人退回原址

那时我待在一个叫溪南的地方
不知道棠口有条这么美的溪
那时我接连收到来自棠口的信
仿佛棠口溪流到了蓝溪
信封里装着心跳和泪水
字里行间有小浪花也有小沙砾

邮差不知道送来的是一条山溪
的无奈：不甘匍匐认命
却又飞不起来，不愿潆洄山间

却又改道无力。我常常恍惚
那不也是蓝溪寄给大海的私语
青春渴望冲出藩篱的求祈

看桥下流水依旧百折不回的模样
我想，是不是只有跌宕一生
奔流到海才是山溪的出路
是不是流水天生奔波的命
在山里静待阳光也终将升腾入云
但少了坎坷也少了一路风景

石兰，摇曳起来

走进古堡石门，幽静扑面而至
你自然想到石兰，遗世独立的香草美人
石门高阶拒绝了路过偷窥的眼
门内小径只为真诚的心敞开与指引

蝉鸣声中村庄颤巍巍地像拄拐的老妇
村口池塘，一颗涟漪不再的春心
几户柴门不扣，我们擅入拍照
逾墙的瓜花开得恣意，蓬勃而又荒芜

这个宋朝的村庄，石兰命名了先人的寄寓
明初倭寇来袭，一度空村逃避
而今我们到来，感觉也像鬼子进村
时近中午，看不到一缕炊烟

水塘坝上的夫妻榕一棵黄了一棵便绿
相互交替，像一个归来一个离去

最难忘榕抱樟的一腔痴情
似有无声哀求，"哥哥，你别走"

可是石兰，请别把自己当作弃妇
历经沧桑，你犹存的风韵依然叫人心动
冲破封闭与静止吧，让自己再度袅娜起来
海在大岗头外等你共舞波澜

半月里

当我听到或谈及半月里时，总有个声音
固执地纠正：半路里。就像已改名吴刚的
发小，我们还习惯地叫他丫蛋
航拍的村路像新月，小船般载着一个古村
我们看到一群住在月亮里的人
那村口的古榕是望月人眼中的桂树吗
嫦娥和玉兔是否还感到寂寞
当年半路里迎亲的队伍到来，我姑姑哭嫁时
她知不知道自己要嫁到月亮上去呢
走过龙溪宫举人厝和畲族民俗博物馆
我又见到那几箱嗡嗡忙碌的蜜蜂
它们小小的口器里如今饱含甜蜜
正午的阳光下没有阴影，我想拽住时间
并提醒一勾新月不要太快走向圆满

墩柄

叫甲壳虫就那样趴着
午睡的林子，我们谁也不想惊动
连续两"年"，这个下午
像某种神秘的祭典仪式
树不语，假装没看见地上的车辙
可我们知道自己只是一群迟到者
但只有我们能叫整座林子飞起来
能把这么幽深的美带走
也只有我们一层层剥开林子的茧衣
一步步进入冬眠的村庄

一个简单得只有一条街的村庄
仿佛我们就出生在这里
一个隐晦得只有晨昏的日子
仿佛祠堂里刚刚散场的社戏
要不是碎石路覆上水泥的面膜
时间在这里几乎一事无成

横穿过这个叫墩柄的村庄
我们只是来到来处去到去处
房前的流水低头汤汤而去
田里的稻茬仰面默默无语

墩
柄

筑庐云气

当我把乌猪滩更名浣诗滩
心里已将霍童溪当作了浣花溪
如果可以，我愿筑庐云气邻水而居

庐还叫五美庐，一段回不去的念想和记忆
选址最好在溪畔，取的是
兼葭苍苍的诗意与在水一方的寄寓

与枫香林和凤尾竹做好邻居
尊老榕树为族长，在他的羽翼下像只鸟儿
回想父亲的慈祥与自己儿时的调皮

门对浣诗滩，取四季青山雾岚
为墙上壁挂。闲坐庭前，翻书或煮茶
入目是白云心事，回味是山野气息

晨昏在溪岸或林间漫步，踱着微风的步子
听流水渔樵问答，看蓝天水中沐浴

野花一路相随，像女儿令人欣喜

南山四皓自是常客，东篱就种菜好了
想起谁，就在溪滩的石上写首诗
交给流水，向远方传递

筑庐云气

沧桑东侨

东侨在还不是东侨的时候像个渔汉子
叫金马海堤插上门栓，把披头散发
脾性暴烈的海，像船娘一样，摁住
压在身下，让涌动的浪潮归于宁静
船娘含泪的眼，我读不出愤怒还是幸福
明眸波光，而今人们称作东湖
如果沧桑东侨让你感到雄性的晕眩
那是这片土地背后藏着一个时代的波涛起伏

东侨在成为东侨之后有了母性
我把宁德城区比作某些开花的蔷薇科果树
有着艳丽的花瓣和不显眼的花托
你看东侨的子房渐渐隆起，那映衬花瓣的
花托，慢慢地孕育，把花芯裹住
丰腴肥美甜蜜的模样，脸上溢出
初孕少妇的雍容与自足，眼里却是
乱云飞渡之后又一个时代的云卷云舒

东侨或许是一种心境

走进东侨，多像沉入一场梦境
车流楼群华灯霓虹处处长乐未央
南岸繁花竞放，北区独木成林

梦里时光倒流，东侨是一段颠簸土路
求学少年从金蛇码头弃舟登岸
一路上秋芦萧瑟苦竹丛生蕉叶尘满

梦醒时分，东侨或许是一种心境
倦鸟归来营巢东湖岸边，抬眼处
湖岸烟云未尽，三山已见晚晴

栖居东湖

回到东湖，我已飞越万水千山
仰望或俯视，幸福有着不一样的意涵
仅仅有一所房子是不够的
即使面朝大海，春暖花开

只有心依恋的地方才叫家
每个飞翔的生命必有一方缘定的山水
它们有相互开启的密钥
最隐秘的敞开才有最深入的抵达

第一次随海鸥翔游至此
东湖，只是陌生而荒凉的异乡
虽然夜栖的湖岸，水中月
让练翅的我有了投入的冲动与向往

而今重返，我的左翅沾满了风雪
我的右翅披散着霞光

浸沐在东湖的秋波中，才知道
千万里寻找的密钥年少时曾经错过

就此卸下看不见的脚环
且将梦中的五美庐在湖边孵化
往后你看见苍鹭在东湖上敛起翅羽
便是我远离江湖回到了内心

栖
居
东
湖

云上陈峭

山高云深，深深的云还在抬高陈峭

从村巷古道穿过，黄墙黛瓦已无处可考
陈峭先人最初的选择，千年古村
坚守着内心的峭拔，一份凌云的孤高

脚下的凌空栈道提醒，你已到了
曾经令人怯步的陈峭高不可攀的陈峭
到了让自己仰望的高度

日出云涛，仿佛云也托举着你上升
夏夜，一整座山都开着空调
只要你伸手，每颗星星都可以摘到

无须浓云锁道，无须大雪封山
只要想到陈峭，内心便有寒气涌出
可如今，你想感谢这份遗世的高冷

也感谢那些带给陈峭的温暖
和那些早年离开陈峭如今衣锦还乡的人
是他们让陈峭低下来，就像搬来云梯

让天空低下来，让你步入天上人间

写意草木人

人在草木间，一世与一秋谁短谁长

草木人生，不过一盏茶由热到凉

甚或一场梦。人间是偌大的邯郸旅舍

纵是蒸黍未熟，也难得有过一枕美梦

一枕峰高谷低，花谢叶落

梦醒茅店鸡鸣，月白风清

犹如在牛栏岗，当一回枕山牧海的牛郎

却活像一个心无家国的王

天上的日子云兴霞蔚，但凡高处最无常

何似春水煎茶，在人间与草木结肺腑之欢

上帝的拾间海

上帝的拾间海，住着九个上帝
和上帝的一个使者
拾间海像藤壶吸附着海岬峭壁
天使的笑容，把峭壁融化
成轻波荡漾的蓝色时光

叫风姿优雅的相思林迎迓朝日
叫蹲伏门前的小列屿守护夜梦
集合起落霞鸥鹭船帆渔人和缯网
打开窗户便是一幅耕海图
每一阵风过都留下写意的水墨点染

拾间海，诗一般让人向往
每间都有行囊装不下带不走的念想
上帝住下也常常忘了归程
他在想，人间是不是另有一个天堂

陶时光

如果时光可以烧结成陶，还怕什么岁月流逝
如果时光要从陶中渗出，就让它慢慢流失好了
如果时光本就跟陶一样，破碎又如何
千年之后还可作为出土文物，还原历史

陶时光从不是逃时光，也不是淘时光
时间是条欺生的狗，没有和解的日子永远被追逐
陶时光更不是乐陶陶的时光，快乐
对于时光，更像陶面上细小而醒目的纹裂

陶的时光，骨子里是泥胎的时光
火焰可以躲在里面，修炼自己的脾性
灰尘也可以落脚，证明好日子仍需要擦拭
粗糙或细腻的陶面，最能感受时光的温热与薄凉

清晨或午后，在一杯茶里遥望大海
微风舔舐着海面，水波在心中漫漾
多么陶的时光，油画般的陶，少女抱在怀里的时光
倾尽的泉，一种把陶空出来的时光

感谢那些在风雪中穿行的背影
是他们在生活根部令人心疼的坚守
告诉我们人间有大义，犹如
坚厚的冰河下流动着看不见的温情

百丈岩怀九壮士

密密的枪口一步步逼近，围拢
一只袋口的结绳被一点一点抽紧
云层黑压压地越来越沉

山雀子闻风而逃，石头发出爆裂之声
草木们认命于拔不出陷在土里的脚
多像那一刻困于岩顶的九个人

为追随一盏灯，不惜暂时的黑暗
为同志开一道生之门，宁愿将死神
引向自己。枪击，对峙，肉搏

空气凝固了，秒针的脚步
像绑着巨石，比时针还苍老迟滞
残阳的血沿着岩顶缓缓地流向山谷

九个人，九只扑火的灯蛾

当退无可退，当翅膀已经烧焦
悬崖边最后的飞跃自是最好的成全

一阵风过，暮云瞬间闭合
九颗流星从百丈岩顶倏然坠落
群山岑寂，只见一袭古老的袈裟

百丈岩下，如今供奉着民间的香火
山谷依旧，容藏九个亡灵
那些舍身忘我的人世间的神与佛

访大韩村谒张高谦陵园

从课本到小人书，你曾是我童年的
一部分，和草原小姐妹红梅玉荣
共同分飨了一颗童心满满的敬仰

如果你还在，会看到村庄变了
生产队早已解散，集体财产分给了个人
孩子们上网读到不一样的小学生守则

岭上白云还是你当年放牧的模样
你带走的十四岁的夜再没天亮
绕村的溪流不时捎来山外的月光

庆幸你永远少年，怀抱理想
不用面对岁月改变了世道恒常
不像我，常常想起一把刀与一群羊

在凤阳看新编北路戏《廊桥神医》

廊桥暗示了剧情发生地
神医防治的瘟疫也另有所指
一个民间剧种，三百年
生生不息，是不是因为
戏与生活已互为表里

左脚还在田头，右脚却已入戏
泥腿子登堂出将入相
摘葡萄的手伸出兰花指
有时将好日子笑到戏里去
有时在戏里为生计哭泣

舞台就设在宫庙祠堂
甚至在葡萄园里露天演出
演艺暂且不论，开场即是喻世
人在演，神在看
你就作吧，天又不瞎

颠覆者，或自立规矩

——题林正碌自画像

在 47 树凝望你，几次恍惚
想如果打开你的脑壳，一个幻想家
艺术规则的推翻与重建者
那里面的沟回有什么不同

把学院化艺术教育彻底颠覆
把画家和美术教授撕裂成两半
一半对你的自立规矩咬牙切齿
一半为你的越界突围加油点赞
你扒下"皇帝"身上神秘的"新衣"
让他还原为"人"回到百姓中间

你告诉锥子可以扎破布袋
流水可以冲开河床可以随意赋形
鱼儿可以长到树上

鸭子可以在天上游泳
门前的樱桃树可以结出满枝的星星

你不教画技只传"心法"
只管植入、开启和点燃
让 84 岁的农妇成为"摩西奶奶"
智力短路者接通艺术的电流
侏儒敢有高过常人的七彩梦想

你说"人人都是艺术家"
与约瑟夫·博伊斯的理念不谋而合
却通过实践比他走得更远
为屏南"画"出了不止一个双溪镇
更以艺术启发乡村和人生

注：林正碌，屏南县传统村落文创产业项目总策划，双溪安泰艺术城"人人都是艺术家"公益艺术教学发起人。47 树系其工作室名称。

拯救乡愁

——龙潭别记

给老村做个搭桥手术

与新开通的火车站修条连接线

把离家经年的阳光请回来

晒晒久无生气的陈腐气息

河岸应该好好修整

让乡念清澈地流动起来

沿溪两岸建个雨廊挂上灯笼

那是村子的两襟和排扣，挡风雨也好看

黄土瓦房还是修旧如旧

墙根檐角村街小巷藏着无数岁月的密码

把戏剧社恢复起来

以别人的故事演绎自己的人生

老黄酒的技艺不能失传了

酒入愁肠乡思才会从眼里溢出

网络已有了，快递不能少

把舌尖上的滋味卖给城里人
村小要再办，老师可以是义工
童年仅仅有爷爷奶奶的爱是不够的
还可以把有些人的向往留下来
村庄需要清新的风与笑容
让城市想起，像失去初恋
一阵惆怅，一阵心痛

过厦地访先锋水田书店

如一阵风，径直穿过厦地
祠堂边上巷口的老奶奶倚着墙
倦眼微闭，拐弯处的老宅
两个木工在搬运木料和青砖
一个写着咖啡屋的门里
一位像是城里来的新村民捧着书
不管门外有人路过

沿着田埂来到田中央的
黄色土房，先锋厦地水田书店
大门前的风铃叮当脆响
使墙上的黑色招牌也仿佛在摇晃
书店里只我一个猎奇客
与它的独立田间恰成隐喻

夏日午后的厦地村禅定一般
安静得能听到树叶离开枝头

落在地上轻微的叹息
在村口回望禾色稻田与谷色书店
想起儿时村庄巷口漆黑的转角
有人挂上了一盏马蹄灯

在双坑村看农民油画展

这些上山挖笋下河捕鱼的人
这些握锄头拉渔网的手
现在拿起的是画笔，门上多了块
牌子，叫油画工作室

这些失去故土和老屋的远乡人
不时反刍记忆的库区移民
终于把山川农事和乡村生活
沉在水下的原乡和旧时光
借助颜料呈现在我们面前

他们告诉世界也告诉自己
大自然和乡村其实最是艺术
心里的乡愁原来可以画出来
村庄的美是值钱的
再卑微的梦想也自有价值

金翼之家

金翼也罢，银翅也罢，一个家族
一片混生林，刻录寒暑变迁的
大小年轮，无不是时代的断面与缩影

对于移植别处的幼林，童年的家山
多是记忆，对于根深难徙的父兄
不可自拔的时间有着锋利的锯齿

鸟在林中更觉风霜之痛
一只鹧鸪劝，不如躲去不如躲去
无处躲呀哥哥，无处躲。另一只哀鸣

即使土地宅院不曾易主，丰歉盛衰
天意难凭，只有家教与智识
是内心的阳光，谁也抢不去的金子

最厚的家财是不生毒草的心田
最好的祖业是优秀的遗传基因

最佳的风水是平和的时势与人心

　　注："金翼之家"，闽东古田籍著名学者林耀华先
生故居，因其社会学名著《金翼》一书获称。

琥珀前洋

前洋古村，一块温润的千年琥珀
深藏在鹫峰余脉的群山怀里
民与居如列阵，一代一代向前推进
与金水溪相向而行如倒读村史
仿佛民国的教堂里还燃着星星之火
清时的月光照在雕花的木格窗上
明朝的大宅门关不住蒙童的读书声
元代的驿馆门前走来投宿的邮差
只有坍塌的两宋留下废墟一片
沿青石巷一不留神就走进乾德年间
感谢山峦与岁月的茧衣一层层包裹
闭塞贫穷成为另一种保护与成全
若非远去的时间在这里无所作为
如何等待一种全新的声音把梦唤醒

蓝田书院又闻读书声

如果不知道曾经焚毁的蓝田书院
已经重建，在这个山凹处听见
这么琅琅的书声，一个黄昏的漫步者
怕是以为走入蒲松龄笔下或有了幻听
多么清脆的童音，翻过院墙
穿过鸟鸣的缝隙，一股清风迎面袭来
仿佛庆元三年的那场春雨下在昨夜
朱子已从水口古驿登岸来到杉洋
书院名字依旧，但创建了新的
互联网教学平台和农耕社实践基地
蒙童除了读经写作习书练武
还可以体验日午除禾的辛劳与乐趣
历史旋回原处必站上更高的台阶
可那阶蛮石的过化又再要多少年月

访郑虎臣故里

一个小小县尉，最亮眼的功绩
是违背皇命杀死自己押解的罪臣
一个擅自处死犯人的监押官，却赢得
历史和故乡悠久而辽阔的铭记
在洋头村，郑虎臣故里，你看见
一个事件或一段历史到头来
除了一道圣旨两尊塑像如许诗文
最扑朔迷离的就是御赐金头银项
建造三十六疑冢的传说
民心是这样一种水
有时深不可测，有时又清澈见底
养蛟龙也养王八，载舟也覆舟
在郑虎臣祠前，它滋养了一棵古榕树
传说，竟然长出了九个头

在廉村遥想薛令之谢病东归

"若嫌松桂寒，任逐桑榆暖"
谁像我总想起你读到玄宗这句诗时的
心伤，那种被驱逐的感觉
又有谁设身处地想过，你称病
辞官，离开长安的恓惶
登科入仕的雄心豪情，如脱下的
大唐官服，一件件还给玄宗朝廷
返乡路山水尤远日夜尤长

驿路上可曾想起李家皇帝与宰相
太子李亨与同为侍讲的贺知章
你想不到千年后的《幼学琼林》
"奉师饮食之薄"直指"苜蓿长阑干"
不想问你谢病东归，是否有人
劝慰挽留，或有同感而鸣不平
只想一路蹒跚，屐痕中多少
权力的病世情的伤，你的黯然

以"廉"敕封，肃宗对你的嘉许
学生对老师清贫终老的于心不忍
一份精神礼物，授予者的
愧歉与自慰，迟来的弥补与施恩
"学成文武艺，货与帝王家"
这千年不变的买卖与规劝啊，廉村
我看见唐时燕子仍筑巢于老屋檐下
廉岭静默，廉水泛着不易察觉的泪光

双柏山

在上黄柏与下黄柏两村之间
这个树木葱茏细水环绕的小山丘
我想到连缀两个衣摆的一颗花纹纽扣

没有寄名之请，我自叫它双柏山
在福寿岛原名之外，擅自
给它另起了个不带俗世幸福的名字

想游朴当年往岩厝读书路过这里
可曾驻足休憩，或留下诗句
一个人一本书一颗暂不发光的星宿

那时我低头走路，没仰望高处是什么树
树上有什么鸟，只看见路边
长满了黄柏连翘紫地丁和酢浆草

风过乘驷桥

"万里达天衢看他年紫盖联翩归乘驷马"
在乘驷桥读廊柱上对联，一阵风至
仿佛游朴的魂灵倏然挤进我的躯体
这一瞬间我与他已难分彼此

"当年桥下碧波潋滟，一如长虹飞跃
对乘驷桥的命名，有我无限寄寓"
"有谁知一个寒门学子立下宏愿大志
岂止是因为遭了委屈和被人轻视"

又一阵风过，我像打了个盹醒来
从明朝抬起脚，一步跨过四百余年
只是夹岸青山，依旧在乡愿心头矗立
那些无名寒星，如今发光的更寥落无几

乡愁

一株被移植的瓜秧根系上
一些永远剔不尽的原壤

一座永远不上锁的屋里
一间堆放童年记忆的仓房

一方水土氤氲的气息
一种沉淀在味蕾中的惆怅

一只看不见的手
把族谱上散开的血脉
赶回最初的河床

一种间歇性弥漫式的疼痛
每每想起把你的心揪一下
然后轻轻舒张

守岁

即使不开电视
一家人围炉叙事
团圆就是最好的节目

即使腊酒不温
眼神也有温度
父母的檐下春风吹拂

即使听到钟声
也要把年曳住
心与心贴在一起
不让相聚的时光流逝

即使日子艰难
坐拥亲人便是幸福
你看风读完春联
一个劲想推门而入

根的坚守

就像繁华之后的寂寥，万木凋零时
大地已伤。雪花是来自天上的医者
白色的粉药撒下，纱布裹上
以广袤的仁心为大地疗伤

季节让冬天说出生命的真相
多少鲜妍明媚都是锦上添花
它以严寒提醒草木，即便天地肃杀
但脉管中的热血并未结冰

透过庞大的根系集藏营养
复苏的热力在白雪覆盖的地下运行
给孤寡的枝桠送上御寒的能量
为寒风中坚持的绿叶捎去春天的口信

感谢那些在风雪中穿行的背影

是他们在生活根部令人心疼的坚守
告诉我们人间有大义，犹如
坚厚的冰河下流动着看不见的温情

只有感动并且同行

这是寻常巷陌中最熟悉的身影

却似黑夜里令人惊喜的一线流萤

这是万千情愫中最熨帖人心的暖流

却似地表下的温泉低低地潜行

总是这样的坚守叫我们悄然动容

咬牙忍痛，做一枚无可替代的螺丝钉

总是这样的执着让我们自惭形秽

筛尽落尘，为一朵爱与梦想的金蔷薇

对于山峰，无须仰望证明高度

对于金子，无须标签自有价值

而对于天籁，再美的颂歌也显得轻薄

只有感动并且同行，才是最高的献礼

加入花朵，加入甜蜜的事业吧

让大地犹如花冠绽开芬芳与美丽

加入星光，加入璀璨的合唱吧

让人间也有银河默默地流淌光明

那时，我就在你们中间

还记得灯下蚕食桑叶的沙沙声
笔的口器咬着纸张，那时候
一群幼蚕没有留意，大一点的那只
咀嚼的多是感伤

还记得夏夜的山岗，萤火虫提着灯盏
寻找钥匙，一群乡村孩子
靠自己发光把自己照亮
那一扇午夜的窗口，最后
点燃的已是心血一腔

还记得"春天里"传唱"卡秋莎"
感觉自己像战士，墙外稻田
蛙鸣阵阵，听来都是催征的鼓点
只是重阳风中，海边月下
多了个始终没有开口
把心事憋成珍珠的默蚌

还记得一只头雁领着雁队飞过秋天
那时，我就在你们中间
长空中飘过的雁鸣
在心上都凝成了晚霜

烛人

——怀念余峥

最后　他完全融化了自己
只有心还在燃烧　跳动
他已无泪

在黑夜巨大的变奏中
他微弱的亮点
是一缕不和谐的音符

窗外吹来的每一阵风
都加速他艰难的燃烧
加速他的熄灭

多少停电的夜晚
相对而坐　我们没有注意
他心中的光明　梦想

正一点一点把他毁灭
来自心间的泪水
甚至也成了燃料

我们怎能料想　接受
这搏击黑暗的正直之躯
竟比黑暗更早离去

心光渐弱　他确已无泪
黑夜不会被他感动
而提早天亮

只有那些被温暖和照亮的
细节　在我们记忆里
再也不会消失

行走的青瓷

他一直都在向前奔走
不知道跨出的每一步都逼近
深渊，在想象不曾到达的崖边
他仍没驻足或回头
这是他高过我们的优点
也是他令人心疼的缺陷

碎裂难于幸免。但
这是怎样的一种碎裂呵
谁忍卒读这遍地绝望的瞳眼
拼拢，完好如初
已是近乎神话的心愿

这种应该置身纯净的
出土文物，只留给我们一双
寻找不到的青靴
它以自己的迷失指引我们前行
也提醒我们绕过深渊

动车经过故乡

一只长虫长出了隐形的翅膀

不再"哼哧哼哧"地粗气猛喘

挨着城北从山脚下擦过

子弹一样把家乡的夜色洞穿

丛林中的奔豸掀起风的呼啸

瓦屋顶上的猫步不曾惊动谁的梦乡

我贴着车窗向外张望

另一列温热的动车由心底开进眼眶

妈妈，请您原谅一趟停不下的夜行列车

它的终点是您想象不到的远方

在人间做一回草木知己

我相信没有人看到过这双手

在我之前，在人们读到这首诗歌之前

你可以很自然地想象它的白皙

但你断然想不到它只是我们舌尖的

一阵清风，我们身体中的一脉流泉

如果告诉你我看到的是白茶的手

你万不可诧异，不可认为你未曾感觉的

美丽，只是皇帝身上虚幻的新衣

这双手曾经扑灭了一场传说中的瘟疫

现在常常拧小了我们心中的焦躁与火气

这是一双采撷梅花瓣上雪水的手

与月光夜里琴声有关的纤指

看见这双手你才明白人生原来还有

这种清纯的浇洒与氤氲的滋润

当人们叫着白毫银针绿雪芽的时候
他们险些就看见了这种旷世的玉
人的一生能有几次高山流水的幸遇
我庆幸在人间做了一回草木知己

母亲茶

在太姥山麓的白茶园里我看见
一位年轻的母亲把刚喂过奶的孩子
躺放在身边修剪齐整的茶垄上
有如茶树长出了一片咿呀学语的嫩叶
绿色的波峰托起一叶满载爱意的小舟

年轻的母亲揉揉胸脯继续采茶
她让我一时分不清，对于茶树
那喂奶的手是采摘还是喂养
仿佛那采下的白茶自此有了母性
筐中的茶青也有了母乳的芳香

我想起童年的一场热病
母亲的汤药让我从昏迷中苏醒
后来母亲说那汤药其实是陈年的白茶
离家时嘱我带上那可为药用的茶饼

在太姥山中的茶寮里，呷一口白茶
便忍不住想起家中年老的母亲
在这里我再次见到母亲曾经珍藏的
白茶饼，那如茶似药的慈母心

川和茶的午后

在名店街对面。川和茶。家常式的选择
却也是经意的安排。多么契合我们的性情
与奢侈品隔街相望，与草木为友

虽无松香煮酒，却有春水煎茶
这个劳动节的下午我们只劳动舌尖搬动语词
做个不劳而喝的人是街对面没有的奢侈

从岩茶到红茶终于绿茶，从海洋意识
诗歌情怀到心灵宗教，午后的时光慢慢变薄
茶中的骨质渐次溶化，似有茶歌清风至远

窗外一场豪雨，以更大的喧嚣隔开喧嚣
有如万千珠帘，为我们围起一座人间孤屿
在茶香与倾心的话题中荡开涟漪

唱诗岩，或者丑石

或许有人在这里唱过诗，或许没有
是一块巨石，也是一个村庄

海在不远处喧哗，浸沐于
海涛与松涛之间，石头可曾想开口

也吟诵一首面朝大海，春暖花开
但村庄无语，谁家婚丧嫁娶

一如林间风过，哪个离去归来
宛若海上潮汐，无所谓坚守背弃

时间走在这里也成了石头
心灵却有了最柔软的栖息

唱诗岩，唱也罢不唱也罢
向海的岩石与村庄都是一首诗

以一场诗会重逢

如切如磋，如琢如磨。想到丑石
想到你，想到 1985 年的心血来潮
梦中遇见一块未经雕琢的璞玉
领回一个前世迷途忘返叫丑石的孩子
在蓝溪畔蓝色的夜雾中，最初的雕琢
刻下了烛光蛙鸣与油墨的清香
注视着丑石成长的辙印，你是第一个
同行者。而三沙是预约补给的港口
丑石如帆需要海雾的浸润与风浪的磨砺
在这里我放弃了爱情拥抱了诗歌
曾经坐在岸边的礁石上，激荡的
诗思镂在岩石的皱褶里仿若诗行
海岸以潮汐诠释聚散因缘，仿佛
有个密约，25 年后以一场诗会重逢
仿佛注定三沙有你，与三沙与你
与丑石，情同故人同手足同父子

留云寺或沧海心

你张开臂膀仿佛大海就在怀里
可拢起胳膊却只抱紧了自己的身体
眼见日光下的海面铺满炫目的金币
可到了月夜全化作涌动的银鳞

你回头身后是如云的相思树
可在林间却采不到一颗寄远的相思子
思想起有一架古琴已蒙尘经年
可走向琴台却发现弦已断高山不再流水

你以为在梦中能留住那朵飘逝的背影
可梦醒时却只见头上沉沉巨瓦一片
想不到曾经汹涌的心竟成一座寺院
纵心底一树鸟鸣却冷对千帆过尽

无弦琴

今夜是谁把你拨响
人生的悲欢愁苦月光般流淌
弥漫空山

琴声沿山路一阶一阶蜿蜒而下
每一个角落都充满余音
我把手伸入石隙
竟抓出一把乳白色的音符

那失落千年的琴弦
把寂静弹奏得如此清晰迷人
我怀疑自己已走进了
某一轴古老的国画

那么也站成一棵相思树好了
也凝成一块望海石好了
今夜一举手一投足

哪怕粗重地呼吸
都是一种不可原宥的伤害

仿佛也有一双手撩抚着
我心灵的琴台
我也是一具无弦琴么
高山流水，你只为知音而鸣

流米寺

其实，人多有不劳而获的潜在心理
天上真要掉馅饼，怕没谁会不乐意
譬如流米寺，这个本叫金鸡寺的海边庙宇
最诱人的不是海天光影变幻的景色
也不是满山千形万状的岩石
令人好奇的是流米坛，传说中的金鸡
小屁眼神奇：寺中每日多少僧客
它便流出多少白米。源源不断的粮食
坐享上天的赐予。要再有个田螺姑娘
那该是神仙也羡慕的惬意日子
从扶贫点到流米寺，仿佛时空倒置
流米寺终以不复流米的结局告诫人们
如果你有天赐的福气，一时偷懒
或被忽视，但贪婪则不被容许

七佛城

一个以石头作的茧
七只蚕蛹在里面冬眠

玉山往事

山是坐化的佛，佛是避风的港
那个傍晚入港七叶残帆，等待疗伤
的人，无限的去意徘徊

白云从玉山顶上飞过，脱俗而超凡
可屈服于风的驱使，哪来绝对的
自由意志与看破红尘

多少杜鹃的泪血，每每把春天染红
芦荻才换上秋装，却见玉山
一夜间成了白头老翁

七只秋雁一字形飞过，翅影如薄刃
玉山寺浑然不觉心中有什么划过
天空却已伤得很深很深

霍童线狮舞

或耳鬓厮磨，或戏球追逐
或扑闪腾挪，或凌空飞跃
三只线狮，比马戏团里的狮子
更善于表演，兽性不复存在
闭目，不见群山树起警惕的毛发
张口，只听到寂静在梁间咆哮
小小舞台，却也是偌大人间
哪一只不是听命于锣声鼓点起舞
哪一只能够对身上的线和
舞台背后操纵的手，说"不"

鱼祭或鱼冢

幡旗飘摇，唢呐呜咽。可是谁家
亲人离世？没去过浦源，你远想不到
这或许是为死去的鲤鱼举行葬礼

把一条溪划给鲤鱼，等于给分田地
等于入籍，浦源有了另类的村民
对丧生的鲤鱼，行将飘逝的鱼魂
浦源按往生之人行超度之礼

大地上的生灵，人与鱼就像
岸上蝼蚁与水中线虫，在上天眼里
并无差异。在浦源，鱼融入人的生活
人们借由鱼的归宿返观自己

对亡鱼的祭祀，以独有的鱼冢安葬
一种生命对另一种生命的致敬与礼遇
也是唱给轮回中自己的安魂曲

神在闽东

神不是抽象的，在闽东
神，就是好人
太姥山教人种茶治疗麻疹的蓝姑是
杉洋村除虎绝患救死扶伤的林亘也是
每个村庄都有自己供奉的神

仿佛神只有自己供奉的才好
山里供林公大王，海边奉妈祖娘娘
半月里的龙溪宫，既供奉薛（仁贵）陈（九郎）雷（万春）元
帅和平水明王
也供奉妈祖天后和陈靖姑夫人
想众神协力总胜过一神独当

在乡下，神就像柴米油盐
需要时抓上一把，什么功利
或实用主义，他们不懂，也不管
他们说，人无急难要神做什么
媳妇有喜了，到临水宫里求保佑

家人生病了，到马仙观里烧炷香
孩子高考，到城隍或文庙许个愿
生意难定，到关帝庙里抽支签

神在闽东，也因此善解人意
不证超自然力，但求人间温暖
乡村祠堂里，人们把先人
的牌位，也当神一样供奉

神
在
闽
东

回家

——霞浦城南"双世墓"感怀

像一路弃掷的晚归之屠
到达墓地
我已囊空如洗
而那欲望眼中的蓝光
仍幽幽地尾随我们

肃静　回避
前世的威仪迎面而至
我们的佛性就在这时
不曾肃静而迷失
凡心忘了回避呵

山寺的寂寞因此再生为
玉堂金马锦衣御食
只有不愿游出青灯的

老木鱼　明白
那卷宗一页页翻到身外来
而经书一字字写到心内去

走出内心就像进城
那是一段多么短暂的路
身外的世界为我们的加盟
欢呼　可你为什么总感到
远离尘嚣的山中
有我们曾经的失落

而返回内心却是多么
遥远的许诺　踏上归途
忘川的水已流了一生一世
可谁能彻悟
这比佛还佛的一截断指呵

直接指向生的虚无
指向家的位置
那开道的铜锣虽喊哑了嗓子
却不知肃静回避其实就是
一对禅意淋漓的偈子

共同的故乡

——游松山靖海宫致敬妈祖娘娘

风说你怀揣隐秘使命默然降生
海看你踏浪而行长发逆风飞扬
一袭朱衣，火一样的传说水一样漫漾
借一道红光而来，化万朵祥云而去
小渔村的骄傲，风雨中的庇佑
对世间苦难，报以女性的温情与善良

当大海躁动欲撕裂自己的胸腔
当狂风暴怒要掀翻远航的船帆
你是流动的岛屿，绝望中一块不沉的陆地
月亮般叫人沉静，灯塔一样点燃信心
航海人的神明，危难中的希望
心无涯，没有爱到达不了的地方

多少樯桅挺胸为责任远涉重洋

多少甲板匍匐讨生活浪迹他乡

陌生的天空下，你成为心与心托付的凭证

比肤色更像标识，比乡音更加温馨

漂泊者的亲人，阳光下的信仰

你的名字是游子共同的故乡

共
同
的
故
乡

宁德故事："遇见"我们生活的时代

符力/谢宜兴

符力：谢宜兴老师您好，2019 年 4 月，《诗刊》头条刊发了您的《宁德故事》(组诗)，让读者通过您的诗句，了解了世界级天然深水良港三都澳、福建历史文化名村仙蒲村，观赏了官井渔火、花竹海上日出、嵛山岛风物，还随您领略了"车窗外的霍童溪"，感受了寿宁县下党乡的发展变化，多多少少理解了您所说的"小村与大国有一样的起伏悲欢"。您说，在这个风云激荡的时代，人生与家国的变迁常常出人意外，我们"遇见"我们生活的时代，与迎面而来的时间、时代的浪潮撞个满怀，是必然，也是人与时代、与世界关系之本身。请您谈谈，您抒写家乡闽东宁德的想法是从什么时候开始的？或者说，是什么激发了您的创作冲动？您的日常生活和诗歌创作情况如何？

谢宜兴：对于诗人，故乡作为最直接的诗写对象、主题或创作背景，怕是少有例外。我对家乡闽东的抒写一直都有，只是断断续续，并呈散点之状。要说有意识、有计划、成系列地创作，应是从今年初开始，主要是《宁德诗篇》被中国作协列为 2020 年度重点作品扶持项目开始。我的日常生活以工作为主，忙碌繁琐，乏善可陈。诗歌有如我的精神伴侣，失眠夜里给我最多慰藉。我的诗歌创作多是如临盆阵痛或如鲠在喉时才动笔，量不大。常常是写的时候激情满怀，过后再读又沮丧不已。

符力：围绕着《宁德故事》这个现实主题展开的系列诗歌创作，您是否需要做一些准备或积累？具体做了什么？遇到哪些不方便的地方？是如何解决的？谁支持、帮助了您什么？

谢宜兴：这类地域性现实主题的诗歌写作，少不了对乡村社会现实、自然地理和历史文化等的了解，还有深入实地的考察、体验也很重要。现在闽东交通状况良好，一张车票一个背包，想到哪里都很方便。当然，有时对一些人与事的了解，未必谁都乐意。在我走访过程中，有时得到了当地有关领导的支持，但更多的是来自同学、朋友的帮助。借此机会，让我对他们说声谢谢！

符力：对于诗歌创作，诗人和读者都喜欢谈到"灵感"这个话题。在创作《宁德故事》系列诗作过程中，您是否遇到了"灵感"？还记得让您兴奋不得不赶紧把诗句写下来的那一刻吗？请分享您的经历、体验和感想，以及更多您愿意透露的细节。

谢宜兴：每个诗人应该都有所谓遇到"灵感"的时刻。我相信，灵感是对劳动的奖赏，是诗人情思的信号进入心灵接收器的那个瞬间。我不是见到"桃花"就会"癫狂"的那种"易感型"诗人，但也确实有被眼前人事景物"触发"的时候。比如，不久前在中国美丽乡村百佳范例村古田县凤亭村采风，在参观因著名人类学家、民族学家、社会学家林耀华先生名著《金翼》而被称为"金翼之家"的他的故居时，听讲解员介绍"金翼之家"的沧桑变迁，联想到《金翼》中张、黄两家的"风水之争"与各自的家道盛衰，以及他家在新中国成立前后、改革开放前后的变化，我在手机记事本上记下了当时的感受：最厚的家财是不生毒草的心田／最好的祖业是优秀的遗传基因／最佳的风水是平和的时势与人心。由此而有了诗歌《金翼之家》。

符力：《宁德故事》系列诗歌创作进行到某个时刻和某种状况下，您是否在构思、表达或者其他方面感到有些动摇？为什么？后来又是如何进行下去的？

谢宜兴：相同或相似题材的诗歌创作要成系列进行下去，其实是很有难度的，最大的困难是取材角度容易雷同、表现形式容易重复和主题挖掘难有深度。因此，这种系列诗歌的写作，有如高原登山，越往前越"缺氧"。但开弓没有回头箭，进行下去已毋庸赘言，"自我克隆"又必须避免。我想，正确的答案应是"低下来"，"沉下去"。点燃现实主题诗歌创作"引信"的，只能是比我们想象丰富得多的现实生活。

符力：您是如何理解文艺作品里的"正能量"的？不少诗人一听到"正能量"就马上"警惕"起来，甚至起抵触情绪，对此，您如何看待？当听到有人称赞您的《宁德故事》有"正能量"，您会有什么样的感觉和思想？

谢宜兴：我理解的"正能量"的文艺作品是，能深刻反映现实，或真实呈现历史，或深入抵达人心甚至触及灵魂，给人激励、思考和启迪，唤醒人性中真、善、美的宏阔、深刻而优美的作品。有的作家、诗人将"正能量"等同于"歌德体"，自然产生抵触情绪；而有的人认为只有"歌德体"才是"正能量"，这种文艺观也值得警惕。我想，一个笔下只有黑暗的"瞎子诗人"，是心理有问题；一个眼中不见忧思的"喜鹊诗人"，是脑子有问题。《宁德故事》发表后，读者解读的角度和层次不尽相同，有人切在腠理，有人探及肌肤，有人解至骨髓，见仁见智都属正常。此所谓"知我者，谓我心忧。不知我者，谓我何求。"人家怎么看，那是他的眼光、水平甚至心地的问题，我不必在乎，文学作品自己会"说话"！

符力：《宁德诗篇》入选 2020 年中国作家协会重点作品扶持项目（第一批），祝贺您！这个系列的诗歌创作初衷是什么？或者说，您最初希望通过这个系列的诗歌创作收获什么？

谢宜兴：感谢中国作家协会，将《宁德诗篇》纳入 2020 年度重点作品扶持项目；也感谢福建作协的推荐和参与评审的各位评委的认可。申报时我想，如果获得通过，这个系列的诗歌创作，一是可以让自己对曾经无比熟悉的乡村，进行一次返观、审视和重新了解；二是可以对自己关于闽东故土的地域性写作，做一次回顾和梳理；三是现实题材的诗写难度，可以检阅自己对现实的思考深度和对题材的驾驭能力。当然，还可以获得出版资助（见笑了），并因此给自己增加一点写作压力。

符力：相信您在写到某些诗篇的时候，便有了（或者逐渐有了）期待中的获得感，对于这些让人感觉良好的诗篇，您当然是有信心的，请问这信心来源于什么？请结合诗歌文本详细谈谈——读者通过您的文本解读，一定能从中受益。

谢宜兴：我说过："写诗 30 余年，就像一个老银匠，知道自己打造的哪一件银器好，哪一件不理想。也知道别人出手的哪些是珍品，哪些是劣作。银匠手艺的精湛程度，正常情况下决定了他出品的银器的质量水准。"正是这种对"产品"质地和"手艺"水平的辨识和认知，让创作者对自己的创作有了明晰的"判断"和清醒的"定位"。一个诗人对自己作品的自信，当源于此。我想，读者对作品自有判断，"王婆"在这里就不"卖瓜"了。

符力：您在《宁德故事》（组诗）发表之前是否有所预想？想到什么？在《宁德诗篇》入选 2020 年中国作家协会重点作品扶持项目之后，您收到哪些赞扬和鼓励？是否有人向您提出批评或建议？您是怎么理解和处理这些看法的？

谢宜兴：这组诗歌因为均是关涉闽东的题材，所以起了个题目叫《宁德故事》。一次正常的投稿、发表作品，与往常没什么不同，也就没什么预想。但是，《宁德故事》（组诗）发表后在社会上产生的影响，确实对我今年申报中国作协作品扶持项目起到促动作用。评审结果公布后，有不少朋友在微信圈里点赞祝贺。有位好友私下提醒，有人说《下党红了》是"红色诗歌"。我笑说，还有人说《我一眼就认出那些葡萄》是"黄色诗歌"呢。诗无达诂，只要没有恶意，怎么理解是读者的自由，我想作者不要不在乎，也不要太在乎。

符力：现实题材创作，更加需要贴近切实的生活经验，需要从细节中发现诗意。从去年底到现在，我们的生活为新冠肺炎疫情所困的程度逐渐减轻，但您的采访和创作也必定受了影响。请分享一下您走访过的地方和遇到的人与事，内心最受震动的是什么？是否写进了诗篇？

谢宜兴：闽东是我老家，各县市区都曾走过，也就比较熟悉，因此，疫情对我的创作在时间安排上有所影响，但不是太大。最近，我有选择地走访了九个县市区的十几个乡镇二十多个村庄，内心最受震动的是一些村庄的巨变，如蕉城区九仙村家家住上别墅的变化，可以说是九仙人走进了曾经梦想也不敢的生活；还有一些扶贫工作者的执着，如乡村振兴指导员李步舒，辞去宁德市直单位主要负责人职务，主动请缨到柘荣县英山乡半岭村做指导工作，没有情怀的人是做不到的。所有让我动心动念、有所思有所感的景、物、人、事，都将呈现在我的诗歌里。

符力：2009 年 8 月，您写下《即使活得卑微》："有一个栖身的处所有一盏暮色中的灯 / 等你回家，在苦难的大地上 / 即使活得卑微，幸福已够奢侈。"抒写了您对人与世界的关系的认知，对人世生存的思考和理解，理智、平和的诗人形象在诗意中凸显，良好的生活态度和观念，为读者思考"如何在时代巨变中生活得更好"这个问题提供了帮助。请您谈谈当代诗人应该如何面对现实生活？我们创作的现代汉语诗歌应该发挥什么作用？

谢宜兴：我觉得诗人首先该是个正常人，那种在生活中很"诗人"的人让人"害怕"！其次才是一个有诗人禀赋、有情怀和良知的人，正直和善良是他的底线。我们的诗歌写作，对于个人来说，除了传统的抒情与言志的作用，我觉得还有疗伤与救赎的功能，可以说诗歌就是诗人的宗教。当然，特定时期作为"号角"或"手术刀"也未尝不可。但我更赞同爱尔兰诗人谢默斯·希尼的说法：
"在某种程度上，诗歌的功效等于零——从来没有一首诗阻止过一
辆坦克。而在另一种意义上，它又是无限的。"

（符力，著名诗人，中国诗歌网编辑）